UN CHIEN NOMMÉ SOLO

Adam Beer

Texte français de Marie-Josée Brière

BONJOUR,
JE M'APPELLE SOLO.
ICI, C'EST MON ÎLE.
OISEAUX AGAÇANTS
GROS BATEAU BRUYANT
MA MAISON
ATELIER MARITIME
GROS ROCHERS
SITE DE BAIGNADE
PLAGE PRÉFÉRÉE
ENCORE DES OISEAUX AGAÇANTS

ÇA, C'EST MA MAISON.

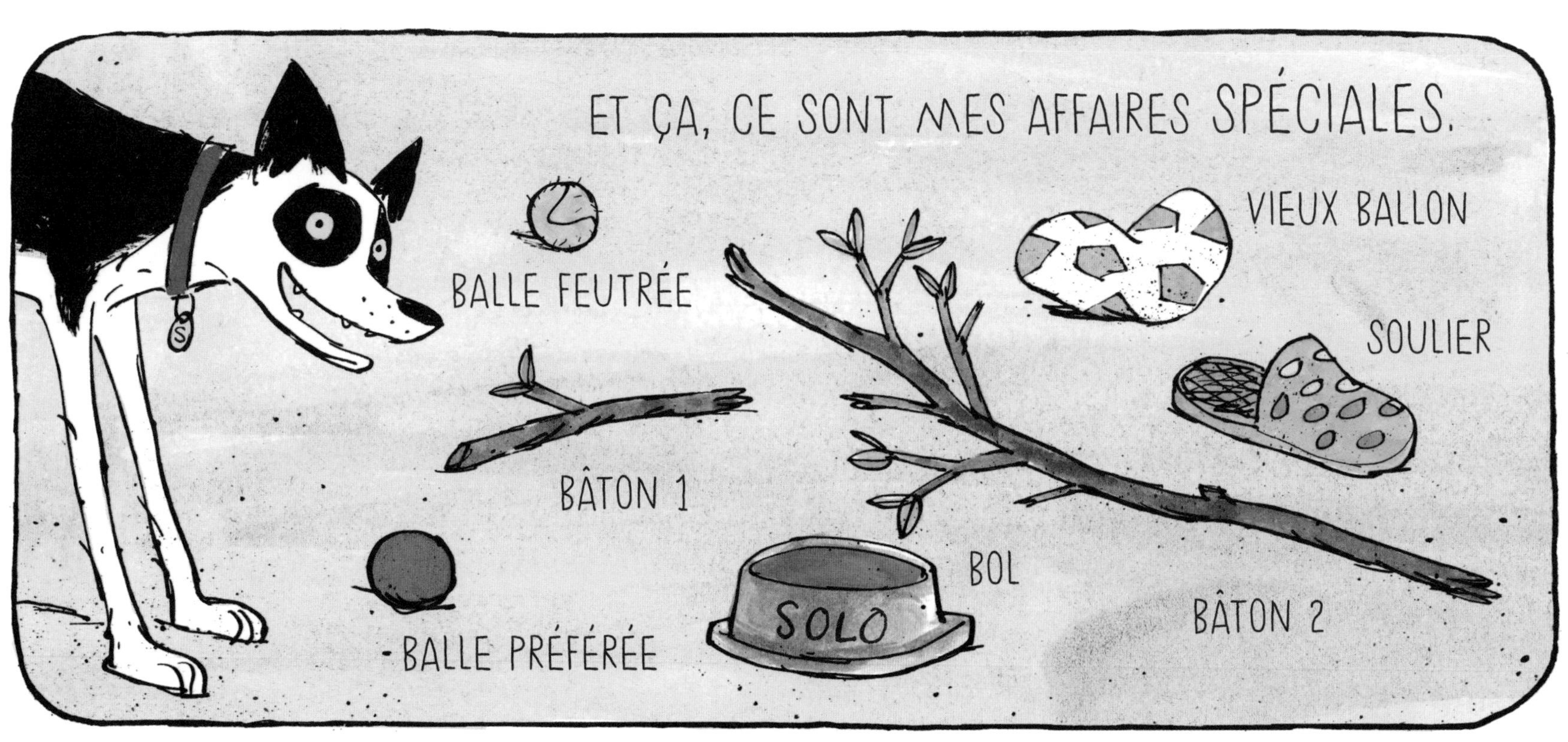
ET ÇA, CE SONT MES AFFAIRES SPÉCIALES.
BALLE FEUTRÉE
VIEUX BALLON
SOULIER
BÂTON 1
BOL
SOLO
BÂTON 2
BALLE PRÉFÉRÉE

EUX, CE SONT MES HUMAINS.
ILS SONT TOUJOURS OCCUPÉS.
RFB
36
TOURS DE L'ÎLE
JE NE SAIS PAS VRAIMENT CE QU'ILS PRÉPARENT, MAIS ILS SONT ENCORE PLUS OCCUPÉS DEPUIS QUELQUE TEMPS.

MOI AUSSI,
JE SUIS TRÈS OCCUPÉ!

ELLE, C'EST MON AMIE.

ELLE NE RESTE
JAMAIS EN PLACE.
ELLE A PLEIN D'ENDROITS
OÙ ALLER.

IL Y A QUELQUES
AUTRES HUMAINS,

BEAUCOUP D'OISEAUX AGAÇANTS,

MAIS SEULEMENT UN SOLO.

JE SUIS UN CHIEN TRÈS IMPORTANT.

IL Y A TOUJOURS DES CHOSES À FAIRE
SUR MON ÎLE.

DU MOINS,
PRESQUE TOUJOURS.

HORAIRE DU TRAVERSIER
ATTENDS...
C'EST QUI, EUX?

QU'EST-CE QU'ILS FONT ICI?

C'EST MON ÎLE!

QU'EST-CE QUE C'EST QUE ÇA?
ILS SONT COMPLÈTEMENT FOUS!

(MAIS ÇA SEMBLE PLUTÔT AMUSANT!)

NON! NON! NOOON!
MES AFFAIRES!
C'EST MA BALLE PRÉFÉRÉE!
MON REPAS! JE GARDAIS ÇA POUR PLUS TARD!
SOLO
LÂCHE ÇA!
ARRÊTE DE JOUER AVEC MES AFFAIRES!

C'EST MON ÎLE!
ET TOUT ÇA, CE SONT MES AFFAIRES SPÉCIALES!
SOLO

TIENS, VOICI TON BÂTON.
AU REVOIR, ALORS...

C'ÉTAIT UN BEAU BÂTON.

TOUT EST REDEVENU NORMAL. IL RESTE JUSTE MOI.

OUAIS. JUSTE BIEN.

ON POURRAIT
PEUT-ÊTRE PARTAGER?
QU'EN
PENSEZ-VOUS?

BIEN SÛR!

ALLONS-Y!

MES AMIS ET MOI, ON EST TOUJOURS OCCUPÉS!
À SE GRATTER
ET À FOUINER.

À SE BAIGNER

ET À DORMIR.

À PÊCHER

ET À ALLER CHERCHER
DES BÂTONS.

JE TE PRÉSENTE MES NOUVEAUX
AMIS!

CECI EST NOTRE ÎLE.
DE HAUT...

EN BAS.

IL Y A TOUJOURS DES CHOSES À FAIRE...
ENSEMBLE!

« AH, VOUS VOILÀ,
CHIENS FOUS! »
TOURS DE L'ÎLE

REVENEZ VITE!

TOURS DE L'ÎLE

C'EST ENCORE MON ÎLE LA PLUPART DU TEMPS.

MAIS L'ÉTÉ, C'EST NOTRE ÎLE!

À maman et papa, avec amour. B x

Catalogage avant publication de Bibliothèque et Archives Canada

Titre: Un chien nommé Solo / texte et illustrations d'Adam Beer ; texte français de Marie-Josée Brière.
Autres titres: Solo. Français
Noms: Beer, Adam, auteur, illustrateur.
Description: Traduction de : Solo.
Identifiants: Canadiana 20220221715 | ISBN 9781443198219 (couverture souple)
Classification: LCC PZ23.B42997 Ch 2023 | CDD jC813/.6—dc23

Version anglaise publiée initialement au Royaume-Uni en 2022 par Simon & Schuster UK Ltd., 1st Floor, 222 Gray's Inn Road, Londres WC1X 8HB, R.-U.

Édition publiée par les Éditions Scholastic, 604, rue King Ouest, Toronto (Ontario) M5V 1E1, Canada.

5 4 3 2 1 Imprimé en Chine CP155 23 24 25 26 27